Tiny LOVE Moments

24 ROMANTISCHE GESCHICHTEN

Meet me under the mistletoe.

Happy End

an jedem Tag im Advent

Wenn der erste Schnee fällt, draußen die weihnachtlichen Lichter funkeln und der Duft von Zimt und süßem Gebäck in der Luft liegt, dann ist die perfekte Zeit, es dir zu Hause gemütlich zu machen. Dieses kleine Buch mit 24 romantischen Geschichten lädt dich ein, die Adventszeit voller Liebe und Romantik zu genießen – Herzklopfen garantiert. Tauche ein in Erzählungen, die dein Herz berühren und dich die besondere Stimmung dieser magischen Tage noch intensiver spüren lassen.

Genieße die Wärme und den Zauber der Weihnachtszeit und entdecke in diesen Seiten unzählige Momente der Hoffnung, Sehnsucht und grenzenlosen Liebe.

Weihnachten ist,

wenn das Herz nach Hause kommt.

Als ich dich sah,
verliebte ich mich, und
du hast gelächelt,
weil du es wusstest.

WILLIAM SHAKESPEARE

1

Herzklopf MOMENTE

In einem Zwiespalt
zwischen dem Herzen und
dem Verstand folge
dem Herzen.

SWAMI VIVEKANANDA

2

Unvergessen

Die wahre Liebe braucht
keinen zweiten Blick.

3

Winterzauber in Paris

Echte Liebesgeschichten gehen nie zu Ende.

*

MARIE VON EBNER-ESCHENBACH

4

IMMER NOCH Herzklopfen

Liebe ist nur ein Wort,
bis jemand kommt und
ihm eine Bedeutung gibt.

5

IMMER NOCH Herzklopfen

Der schönste Weg
ist der gemeinsame.

6

WENN das Herz STOLPERT

Was zwei
Menschen verbindet,
müssen Dritte
nicht verstehen.

7

Tür an Tür

Liebe ist
nicht etwas,
das du findest.
Liebe ist etwas,
das dich findet.

*

LORETTA YOUNG

8

Tür an Tür

Der beste Kuss ist
der, den du beenden musst,
weil du einfach nicht
anders kannst, als
zu lächeln.

9

WIE BRAUSEPULVER im Herzen

Was aus Liebe getan wird,
geschieht immer jenseits von
Gut und Böse.

*

FRIEDRICH NIETZSCHE

10

Die erste Liebe

VERGISST MAN NICHT

Liebe ist die Kraft,
die die Sonne bewegt
und alle anderen
Sterne.

DANTE ALIGHIERI

11

Schlitternd ins Glück

Verwandte Seelen
finden sich immer.

12

SCHLITTERND ins Glück

Wenn du
die Liebe deines Lebens
sehen willst – schau in
den Spiegel.

*

BYRON KATIE

13

Nicht denken, nur fühlen!

Bei dir
habe ich nicht nachgedacht,
sondern sofort angefangen
zu fühlen.

14

SÜSSE Weihnachtspost

Alles ist klarer, wenn man verliebt ist.

*

JOHN LENNON

15

SÜSSE Weihnachtspost

Man muss
riskieren
zu verlieren,
um zu
gewinnen.

16

Vier Worte

BIS ZU DIR

Wir können keine großen
Dinge vollbringen –
nur kleine, aber die
mit großer Liebe.

*

MUTTER TERESA

17

Winterblues

Liebe ist
die stärkste Macht der Welt
und doch ist sie die demütigste,
die man sich vorstellen kann.

MAHATMA GANDHI

18

Winterblues

Du kannst deine Augen schließen,
wenn du etwas nicht sehen willst, aber
du kannst nicht dein Herz verschließen,
wenn du etwas nicht fühlen willst.

*

JOHNNY DEPP

19

Plötzlich

ist alles anders

Am Anfang
gehören alle Gedanken
der Liebe.

*

ALBERT EINSTEIN

20

Die Liebe

LIEBT WUNDER

Du gehst mir einfach
nicht aus dem Kopf.
Aber noch viel weniger
aus dem Herzen.

21

Die Liebe

LIEBT WUNDER

Im Grunde sind es immer die Verbindungen mit Menschen, die dem Leben seinen Wert geben.

WILHELM VON HUMBOLDT

22

WUNSCHZETTEL zum Glück

Die Liebe wirkt magisch.

NOVALIS

23

PLÖTZLICH wieder Licht

Ein Herz, das liebt,
kann auch verzeihen.

24

Wie ein Weihnachtswunder

*Ich werde Weihnachten
in meinem Herzen ehren
und versuchen, es das ganze
Jahr hindurch aufzuheben.*

*

CHARLES DICKENS

Happy End

Gestaltung Cover: Andrea Janas
Gestaltung Innenseiten: it'sme design – Marielle Enders

Bildnachweis
Cover: www.shutterstock.de: dwph, ArtBackground, VAlekStudio, Sunward Art, Tally18
Innenteil: www.shutterstock.de: aPhoenix photographer, Borodacheva Marina, Caelestiss, Daisy and Bumble, e_katherinne, GoodStudio, Liliana Danila, Look_Studio, Madiwaso, Marish, Marukopum, Nadiyka U, natnicha pinkaew09, Olga_draws, PremiumVector, Ruslana_Vasiukova, Saltoli, stoker_1, Tartila, VAlekStudio, Woskresenskiy, YelenaaaVignetten

ISBN 978-3-8458-6200-2

www.arsedition.de

FSC www.fsc.org MIX Papier | Fördert gute Waldnutzung FSC® C018236